KB147446

큰도둑 거믄이

KUNDODUK KOMUNI
A Folklore in Hwanghaedo

Illustrated by Lee Cheol-Su
© Benedict Press, Waegwan, Korea 1986

큰도둑 거믄이

1986년 7월 초판 | 2018년 5월 16쇄
그림 · 이철수 | 펴낸이 · 박현동
펴낸곳 · 성 베네딕도회 왜관수도원 ⓒ 분도출판사
찍은곳 · 분도인쇄소
등록 · 1962년 5월 7일 라15호
04606 서울시 중구 장충단로 188(분도출판사)
39889 경북 칠곡군 왜관읍 관문로 61(분도인쇄소)
분도출판사 · 전화 02-2266-3605 · 팩스 02-2271-3605
분도인쇄소 · 전화 054-970-2400 · 팩스 054-971-0179
www.bundobook.co.kr

ISBN 89-419-8621-4 04810

큰도둑 거믄이

황해도 구전 민화

이철수 그림

분도출판사

황해도 장산곶에서
구전하여 내려오는,
소년 장사 '거믄이' 이야기.

장산곶은 서쪽 바닷가에 있으니,
바다와,
거기 의지하여 어려운 삶을 살아 간 옛 사람들과,
그들의 못다 이룬 꿈·희망·소원 들이
아름다운 민담의 그릇에 담겨 전해 내려오면서,
먼 훗날에는 기어이 이루어지시라는 간곡한 바람으로
지금껏 살아 있는 것이리라.

그 꿈의 한 자리에
'바보 거믄이'가 서 있다,
바다를 바라보면서.

몸은 자라서 소년이 되었으나
아직 걷지도 말하지도 못했으므로,

사람들은 그를 '바보 거믄이'라 불렀다.

과부 어머니는

엿장사를 해서 어려운 살림을 꾸려 가며,

거믄이 키우기로

아픈 가슴에 더없는 위안을 삼았으니,

거믄이를 방 안에 두고
먹을 것을 차려 준 뒤 문을 닫아 걸고는,
하루 종일 엿을 팔러 다녀야 했다.

그러던 어느 날부터,
거믄이 혼자 있는 방 안 시렁에
높이 올려 둔 엿이 없어져 버리곤 하였는데,

어머니는
이상하다는 생각이
들었지만, 설마

걸음마조차 할 줄 모르는
거믄이의 짓이라고는
상상도 하지 않았다.
누가 이 가난한 살림 밑천을
훔쳐 가는 걸까? 우리보다 더
어렵게 사는 이들도 있는 게지….

어느 날,
엿이 쉽사리 팔린 덕분에
일찌감치 빈 함지를 들고
집으로 돌아왔는데,

방문을 열어 보니
이게 어인 일인가?

시렁 위에 뜻밖에도
거믄이가 올라앉아
끌과 망치로
엿을 떼어 먹고 있지 않은가!

더욱 놀라운 일은,
또렷하고도 우렁찬 목소리로
거믄이가 말을 하는 것이었다.
"어머니,
그새 저를 키우시느라 고생이 많으셨습니다.

그러나 이제부터는 제가
훌륭한 사람이 되어
세상에 이름을 빛내고
어머니도 편히 모시겠습니다.

그러니, 부디 화를 거두시고
어머니의 소원을 말씀하여
주십시오."

하지만 어머니는, 엿을 훔쳐 먹은 것이
남 아닌 거믄이라는 데에 너무 놀라고
한편으로 화가 단단히 나는 참이라,

앞뒤를 가릴 경황 없이 마구 고함을 치며
악담을 퍼부었다.
"이 못된 녀석아, 에미 몰래 엿을 훔쳐 먹다니!
썩 나가거라. 나가서 도둑놈이나 되어
평생 도둑질이나 하다가 죽어 버려라!"

거믄이는 그만 고개를 떨구고
낙심하여 말하기를,
"결국 제 운명은
그럴 수밖에 없나봅니다, 어머니.
죄송합니다.
말씀대로 거믄이는
도둑놈이 되어서 도둑질이나 하다가
죽어 버리도록 하겠습니다.
안녕히 계십시오"

그 날로
거믄이는 혼자 집을 나섰다,
엿을 떼던
끌 한 자루·망치 한 자루를 지니고서.

인당수의 물살이 세차게 절벽을 때려
하얀 물보라를 일으키는 장산곶 절벽에다
거믄이는 새로 살아 갈 곳을 마련했다.

장산곶은 깎아지른 절벽으로, 그 절벽 높은 곳에
먼 옛적부터 작은 동굴이 하나 있었는데,
아무도 절벽을 타고 오를 수는 없었기 때문에
가서 확인해 보지는 못했다.
다만, 뱃길을 지나는 뱃사람들은 배 위에서
멀리 바라보이는 동굴을 구경할 수 있었다.

거기서 거믄이는 살게 되었다.
시렁 위에 올라갈 때도 그랬던 것처럼,
거믄이는 절벽을 마치 평지인 양
손쉽게 오르내리는 것이었다.

거믄이는 장산곶 마루에 서서
거센 바닷바람을 맞으며 많은 것을 생각하였다.
홀로 계시는 어머니, 서럽던 지난 날과,
인간들이 겪는, 나서 병들고 늙고 죽는 고달픈 삶과,
그리고 먼 나라와, 그 나라 사람들이 닥쳐들어
사납게 노략질하던 참담한 모습과,
바다와 떠도는 바람과 구름과⋯⋯

그러다가 문득 고개를 들어,
뱃길 따라 서쪽 바다를 지나는 오랑캐들의 배를 본다.

한 손에 망치를, 다른 손에 끌을 들고
거믄이는 유유히 절벽을 내려온다.

그리고 물 위를 걷는다.
바다를, 파도 위를 걷는다,
겁도 없이,
바람을 맞으면서.

그리고 사뿐 뱃전에 뛰어올라
큰 소리로 외친다.
"이놈들, 오랑캐들아!

나는 천하에 다시 없는 큰도둑으로,
조선 땅 서쪽 바다 장산곶에 사는 거믄이다.
너희들 좀도둑들에게 이르거니와
여기는 우리의 바다인 줄 너희도 잘 아는 터,
뱃길을 거저 내어 줄 수야 있겠느냐?
기왕에 가난하여 보잘것없는,
이방 백성의 호주머니와 재산을 털어
너희 배가 가득 찬 모양이니,
그 중 얼마를 덜어도
아까울 건 없겠지.

백성의 허기진 배를 채울 양식과
아름다운 보화를 순순히 내어놓으렷다.
그러지 않겠다면 살려 보내지 않으리라."

그리하여
순순히 양식과 보화를 내어놓으면
그것을 가지고 동굴로 돌아갔지만,

어쩌다 거믄이를 얕잡아보고
거절을 하는 배라도 있을라치면
끌과 망치를 들고 물에 뛰어들어,

곧장 배 밑창에 커다란 구멍을 내고
배를 가라앉혀 버리는 것이었다.

뱃길을 오가는 수많은 오랑캐의 큰 배들이
사나운 바다보다 장산곶 거믄이를 오히려 두려워하여
다투어 식량과 보화를 바치게 된 것은 물론이었다.

거믄이는
산더미처럼 쌓이는
식량과 보화를 가져다가
홀로 계신 어머니와

굶주린 백성을 극진히 보살피면서,

장산곶 동굴에서
서쪽 바다를 내다보며 살았다,
바다와
바람과
세월을 더불어서.

언제부턴가,

사람들은 거믄이를 '소년 장사' 라고 불렀다.

어느덧 세월은 흘러갔다.
거믄이의 어머니도 세상을 떠나고 말았다.
어머니를 잃은 거믄이는 깊은 시름에 잠겨
동굴에 앉아 있더니,
어느 날인가부터
동굴 밖에 모습을 보이지 않았다.

뱃사람들 사이에는

거믄이가 죽었다더라는 소문이 파다하였지만,

누구도 확인할 수는 없었다.

뱃길을 오가던 배들도 그 뒤로는

물건을 바치지 않고 슬며시 지나쳐 가는 것이었다.

그런데 이상한 것은, 그 후로
장산곶 아래 인당수의 물살이 무섭게 소용돌이치면서
큰 배들의 뱃길을 위태롭게 만드는 것이었다.

뱃사람들은
그 거센 바닷물 소용돌이가
거믄이의 한많고 서러운
혼 때문에 생긴다 해서
혼을 달래고 위로하는 제사를 지내야만
뱃길을 무사히 다닐 수 있다고
믿게 되었다.

이 이야기의 뒤는
〈심청전〉과 깊이 관계가 있다고 한다.
이 이야기를 기억하는 분들의 말에 따르면
〈심청전〉과 곧장 연결된다는 것이다.

그러나 그런 사실을 밝히면서,
소년 장사 거믄이의 이야기는 여기서 마치기로 한다,
거믄이의 혼이
그의 삶과 가장 밀착된 자연 즉 바다와
완전한 하나가 됨을 끝으로.